Wenn du Sorgen hast,
rolle einen Schneeball

Meinen lieben Großeltern

Wenn du Sorgen hast, rolle einen Schneeball

SANG-KEUN KIM

Aus dem Koreanischen
von Andreas Schirmer

BELTZ
& Gelberg

Der Schnee fällt in dicken Flocken.
Und der Maulwurf macht sich in dieser Nacht
große Sorgen.

Er stapft durch den Schnee und kommt flink voran, aber in seinem Kopf werden die Sorgen immer größer.

Und auf seinem Kopf wird die Schneehaube immer höher. Aber das merkt er nicht einmal.

»Brrr, ist das kalt!«

Erst jetzt spürt der Maulwurf den
Schnee auf seinem Kopf.

Er nimmt ihn ab wie eine Mütze und
rollt ihn zu einem Schneeball.

Ihm war nämlich eingefallen,
was seine Oma immer zu ihm sagte:

»Kind, hör zu: Wenn du Sorgen hast, dann machst du am besten einen großen Schneeball. Den wälzt du vor dir her und sprichst dir dabei alles von der Seele. Das vertreibt den ganzen Kummer.«

Der Maulwurf rollt fleißig seinen Schneeball dahin.
»Warum habe ich keine Freunde?«
Mitten in der Landschaft ragen ein paar spitze
Lauscher in die Höhe.

Aber der Maulwurf sieht nichts und – schwupp!

»Was mache ich den ganzen langen Winter ohne einen Freund?«
Von irgendwoher ist Flötenspiel zu hören.

Aber der Maulwurf hört nichts und – schwupp!

»Wer weiß, vielleicht finde ich niemals einen Freund.«
Von irgendwoher weht ein köstlicher Duft heran.

Aber der Maulwurf riecht nichts und – schwupp!

Ob das mit dem Schneeballrollen
wirklich etwas hilft?
Der Ball wird größer und größer und der
Maulwurf kleiner und kleiner.

Und schon wieder – schwupp!

Der Maulwurf hat es selber kaum gemerkt, aber
sein Schneeball ist nun wirklich sehr groß geworden.
Gedankenverloren blickt er hinauf in den Himmel.
»Ist denn nicht irgendwo ein Freund für mich?«

Genau in diesem Augenblick ruft
ganz schwach eine Stimme aus
dem Schneeball: »Hilfe, Hilfe!«
Der Maulwurf gräbt sich in
den Schneeball hinein:
»knirschknirschknirsch …«

Und wie er so buddelt, gucken auf einmal eine schwarze Schnauze und zwei spitze Ohren aus dem Schnee!

»Wer bist du denn?«
Es ist der Fuchs.

»Ich dachte, vielleicht hört mir jemand zu, wenn ich Flöte spiele. Und plötzlich war da dieser riesige Schneeball.«

Zu zweit buddeln sie weiter.
Da schaut ein kugelrunder Hintern
aus dem Schnee.

»Wer bist denn du? Und was machst du hier?«
»Ich dachte, vielleicht kommt jemand vorbei,
mit dem ich mein Abendbrot teilen kann.
Und plötzlich …«

Es ist das Wildschwein.
Zu dritt buddeln sie weiter.
»Schnarchquak, schnarchquak.«
Ein grünes Gesicht.
»Nanu, das ist ja ein Frosch! Frosch, was machst du denn hier?«
»Was ist denn los? Ich habe ganz fest geschlafen. Wo bin ich?«

Zu viert buddeln sie weiter.
Da zappeln ein paar Hinterbeine im Schnee.
Der Fuchs stellt sich auf das Wildschwein,
der Maulwurf stellt sich auf den Fuchs,
packt die Strampelbeine und:
»Eins, zwei, drei – hau ruck!«

Es ist der Hase.

»Ich dachte, vielleicht kommt mal jemand auf Besuch.«

Zu fünft buddeln sie weiter.

Auf einmal langt eine große dunkle Pfote aus dem Schnee.

»Schreck lass nach! Wer ... wer bist denn du? Was machst du denn hier?«

»Ich war so allein, da habe ich mir einen Freund aus Schnee gebaut.
Und plötzlich war dieser riesige Schneeball da.«

Der Bär!

Jetzt buddeln sie zu sechst.

Wie lange sie wohl schon gebuddelt haben?

»Juhu, wir sind draußen!«

Sie kugeln aus dem Schneeball heraus.

Am Horizont rollt die Morgensonne wie ein großer Ball.

Der Maulwurf ist nun nicht mehr allein.

Der Maulwurf und seine Freunde haben
nur noch eine ganz winzig kleine Sorge:
»Was wollen wir jetzt spielen?«

Sang-Keun Kim, geb. 1986 in Seoul, liebte es schon immer, zu zeichnen und Geschichten zu erzählen. Seit seinem Master in Animation an der Konkok University in Seoul, arbeitet er als freischaffender Illustrator und unterrichtet Kunst und Design.

MINIMAX

Dieses Buch ist erhältlich als:
ISBN 978-3-407-82091-4 (Hardcover)
ISBN 978-3-407-76202-3 (Minimax)
ISBN 978-3-407-74616-0 (EPUB)

MIX
Papier aus verantwortungsvollen Quellen
FSC® C089473
FSC www.fsc.org

in der Verlagsgruppe Beltz • Weinheim Basel
Werderstraße 10, 69469 Weinheim

Die deutsche Originalausgabe erschien 2015 als Hardcover
im Programm Beltz & Gelberg
Aus dem Koreanischen von Andreas Schirmer
Druck und Bindung: Beltz Grafische Betriebe, Bad Langensalza
Beltz Grafische Betriebe ist ein klimaneutrales Unternehmen
(ID 15985-2104-100).
Printed in Germany
3 4 5 6 7 26 25 24 23 22

Weitere Informationen zu unseren Autor_innen und Titeln
finden Sie unter: www.beltz.de

In der Reihe

MINIMAX

sind über 150 Titel lieferbar, unter anderem diese:

Uticha Marmon /
Anne-Kathrin Behl
Plötzlich war ein Wuckel da
978-3-407-76244-3

Axel Scheffler /
Julia Donaldson
Räuber Ratte
978-3-407-76245-0

Sepideh Sarihi /
Julie Völk
Meine liebsten Dinge müssen mit
978-3-407-76246-7

Ole Könnecke
Bravo!
978-3-407-76247-4

Leo Lionni
Ein gutes Jahr
978-3-407-76248-1

Helme Heine
Der Wecker
978-3-407-76238-2

Oliver Scherz /
Eva Muggenthaler
Der kleine Erdvogel
978-3-407-76239-4

Janosch
Traumstunde für Siebenschläfer
978-3-407-76240-5

Nikolaus Heidelbach
Ein Buch für Bruno
978-3-407-76241-2

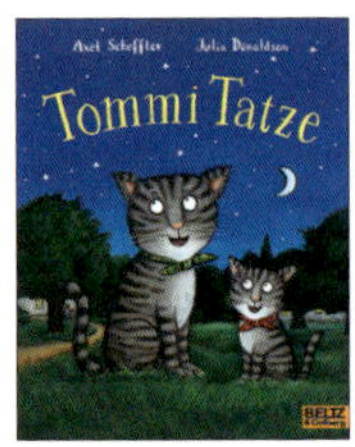

Axel Scheffler /
Julia Donaldson
Tommi Tatze
978-3-407-76242-9

Alle MINIMAX Titel finden Sie auf unserer Homepage:
www.beltz.de/minimax